SHW

ALLEN COUNTY PUBLIC LIBRARY

3 1833 03089 6010

P9-AFY-666

S j468
Mora, Pat.
Una canasta de cumpleanos
para Tia

AUG 1 3 1997

Una canasta de cumpleaños

por **Pat Mora**

ilustrado por **Cecily Lang**

Aladdin Paperbacks • Libros Colibrí

First Aladdin Paperbacks/Libros Colibrí edition May 1997
Text copyright © 1992 by Pat Mora
Illustrations copyright © 1992 by Cecily Lang
Translation copyright © 1994 by Pat Mora

Aladdin Paperbacks/Libros Colibrí
An imprint of Simon & Schuster
Children's Publishing Division
1230 Avenue of the Americas
New York, NY 10020

All rights reserved, including the right of
reproduction in whole or in part in any form.
Originally published in English in 1992 as A Birthday Basket for Tía
The text of this book is set in 15 point Egyptian 505.
The illustrations are rendered in cut paper with dyes.
Printed and bound in Hong Kong.

10 9 8 7 6 5 4 3 2 1

Library of Congress Cataloging-in-Publication data
Mora, Pat.
[Birthday basket for Tía. Spanish]
Una canasta de cumpleaños para Tía / por Pat Mora ; ilustrado por
Cecily Lang. — 1st Aladdin Paperbacks/Libros Colibrí ed.
p.   cm.
Summary: With the help and interference of her cat, Chica, Cecilia prepares a
surprise gift for her great-aunt's ninetieth birthday.
ISBN 0-689-81325-2 (pbk.)
[1. Great-aunts—Fiction.   2. Gifts—Fiction.   3. Mexican Americans—
Fiction.   4. Cats—Fiction.   5. Birthdays—Fiction.   6. Spanish language
materials.]   I. Lang, Cecily, ill.   II. Title.
[PZ73.M632   1997]
[E]—dc20   96-33092

A la memoria de mi tía, Ygnacia Delgado,
y para todas las tías y tía abuelas que
nos sorprenden con su cariño.

—P.M.

Para Eric,
con un agradecimiento especial para Uri y Paula.

—C.L.

Hoy es día de secretos. Abrazo a mi gatita y le digo:
—Ssshh, Chica. ¿Puedes guardar nuestro secreto, gatita chistosa?

Hoy es un día especial. Mi tía abuela cumple noventa años.
Diez, veinte, treinta, cuarenta, cincuenta, sesenta, setenta,
ochenta, noventa años. ¡Mi tía tiene noventa años!

Durante el desayuno, Mamá me pregunta: —¿Qué día es hoy,
Cecilia? Le digo: —Un día especial. Día de cumpleaños.

Mamá está cocinando para la fiesta de sorpresa. Huelo frijoles burbujeando en la estufa. Mamá está cortando fruta—piña, sandía, mangos. Me siento en el patio de atrás y me pongo a mirar a Chica cazando mariposas. Oigo a las abejas bzzzz.

Hago dibujos en la arena con un palo. Hago un dibujo de mi tía. Le digo a mi gatita: —Chica, ¿qué le podemos regalar a Tía?

Chica y yo damos vueltas por el patio de delante y por el patio
de atrás buscando un regalo bonito. Caminamos por la casa.
Buscamos en el cuarto de Mamá. Miramos en el gabinete y
en los cajones.

Le digo a la gatita: —Chica, ¿le damos a Tía mis pequeñas
macetas, mi alcancía, mis pececitos de lata, mi títere bailarín?

Le digo a mi mamá: —¿Podemos usar esta canasta, Chica y yo? —¿Para qué, Cecilia? —me pregunta Mamá. —Es una sorpresa para la fiesta de sorpresa —le contesto.

Chica salta adentro de la canasta. —No —le digo—. No es para ti, gatita chistosa. Es la canasta de cumpleaños para Tía.

3 1833 03383 6019

Pongo un libro en la canasta. Cuando Tía viene a casa, siempre me lee un libro. Éste es nuestro libro favorito. Me siento cerca de ella en el sofá. Huelo su perfume. A veces Chica quiere leer con nosotras. Se sienta en el libro. Le digo:
—Gatita chistosa. Los libros no son para sentarse encima.

Pongo el cuenco favorito de Tía sobre el libro en la canasta.
A Tía y a mí nos gusta hacer bizcochos para la familia. Tía me
dice: —Cecilia, ayúdame a preparar la masa de las galletitas.
Después me dice: —Cecilia, ayúdame a extender la masa de
las galletitas. Cuando sacamos las galletitas calientes del
horno, Tía me dice: —Cecilia, eres una cocinera excelente.

Pongo la macetita en el cuenco sobre el libro en la canasta.
A Tía y a mí nos gusta sembrar flores en la ventana de la
cocina. A Chica le gusta poner su cara en las flores. —Gatita
chistosa —le digo.

Pongo una taza en la macetita que está en el cuenco sobre el libro en la canasta. Cuando estoy enferma, mi tía me hace té de hierbabuena. Me lo trae a la cama. También me trae una galletita.

Pongo una pelotita roja en la taza que está en el cuenco sobre el libro en la canasta. En días calurosos, salimos afuera y Tía me tira la pelota.

Me dice: —Cecilia, cuando yo era niña en México, mis hermanas y yo jugábamos a la pelota. Usábamos vestidos largos y teníamos trenzas largas.

Chica y yo salimos afuera. Recojo flores para decorar la
canasta de Tía. En los días de verano, cuando me columpio
alto, alto hasta el cielo, Tía corta flores para mi cuarto.

Mamá llama: —Cecilia, ¿dónde estás?

Chica y yo corremos y escondemos nuestra sorpresa.

Le digo: —Mamá, ¿puedes encontrar la canasta de cumpleaños para Tía?

Mamá busca debajo de la mesa. Busca en el refrigerador. Busca debajo de mi cama. Mamá pregunta: —Chica, ¿dónde está la canasta de cumpleaños?

Chica se frota contra la puerta de mi gabinete. Mamá y yo nos reímos. Le enseño mi sorpresa.

Después de mi siesta, Mamá y yo llenamos la piñata con dulces. Llenamos la sala de globos. Tarareo una cancioncita como la que Tía tararea cuando pone la mesa o tiende mi cama. Le ayudo a Mamá a poner la mesa con flores y pastelitos.

—Ya llegan los músicos —dice Mamá. Abro la puerta.
Nuestra familia y amigos empiezan a llegar también.

Tomo a Chica entre mis brazos. Luego Mamá dice: —Sshh,
ahí viene Tía.

Corro a abrir la puerta. —¡Tía!, ¡Tía! —grito. Me da un
abrazo y dice:

—Cecilia, ¿qué pasa?, ¿qué es esto?

—¡SORPRESA! —gritamos todos—. ¡Feliz cumpleaños! Los músicos empiezan a tocar las guitarras y los violines.

—¡Tía, Tía! —le digo—. ¡Es un día especial, día de cumpleaños! ¡Hoy cumples noventa años y ésta es tu fiesta de sorpresa! Tía y yo nos reímos.

Le doy la canasta de cumpleaños. Todos se acercan para ver
lo que hay adentro. Lentamente, Tía huele las flores. Me mira
y sonríe. Luego saca la pelotita de la taza y la taza de la
macetita.
Hace como si estuviera bebiendo un traguito de té y todos
nos reímos.

Con cuidado, Tía saca la macetita del cuenco y aparta el cuenco de sobre el libro. No dice ni una palabra. Se detiene un momento y me mira. Luego saca de la canasta nuestro libro favorito.

Y ¿quién crees que salta adentro de la canasta?

Chica. Y todos nos reímos.

Luego la música empieza y Tía me da una sorpresa a mí.
Toma mis manos entre las suyas y, sin bastón, empieza a
bailar conmigo.